春の花火師

マツザワシュンジ

港の人

春の花火師

装画「小雨」平岡瞳

春の花火師　目次

I

春の花火師

II

Ⅰ　春の花火師

きざし

三月の理科室奥の準備室フラスコはもうじゅうぶんに冷え

積まれたる火薬の箱にうっとりと頬杖をつき春の花火師

やわらかな雨の染みいる土のなか温まりゆく蛇の化石も

はるがすみ

春へ向かう矢印がすっと伸びているいつか桜の咲くはずの坂

きょうも君の言葉に（脚注）などなくてこころのなかまではたどれない

向き合えばしどろもどろになりそうで一気に飲んでいるコカコーラ

こころとはことばのなかにあるものでここのところはことに見えない

海の見えぬ橋のたもとで海の方を見てしまう癖《くせ》　君もそうですか？

残り風

階段はホームへつづき青空とつながる、そっと上昇気流。

幸福町A5右徒歩20分（花屋テマエノ）路地折れてスグ

陽の光たっぷり吸った更地にはいつしか生えているビルディング

うす黄《きい》の服着せられたマネキンがしばらく思いみる春の原

菜の花の薄花びらをふるわせて過ぎるもんしろ蝶の残り風

春キャベツ三つくらいは入りそう　あなたのトートバックがいいな

さっき見たツバメのことも書いたら？とポストが僕にささやいたから

ショーウィンドウに夕暮れが来て菜の花のクリームペンネがまとう明るさ

花疲れ

奈良へゆく電車を待てば新今宮のホームに流れ来るなり、桜

急行の電車に眠る人たちは春の光をまぶたにのせた

世界中に降る花びらのいくひらか誰かのポケットにしまわれた

自転車の前カゴにまでひしめいて花びらは空へいく風を待つ

ぎこちない二人のときを［Delete］する君のジョークはいつもまぶしい

スニーカーからかかとを外すときに夜　花びらばかり踏み越えてきて

飛ぶ火　跳ぶ犬

風ははや五月となるか　グラウンドに選手らは飛ぶ火のように散り

連れられて犬は行くのか連れだして犬が跳ぶのか　草の輝き

閃《ひらめ》きとともに跳び去る論文のアイデアは、ああ、しっぽさえ無い

土に低く流れる風に乗りながら鋭くなれるツバメのつばさ

つづけざまに草に転んで少女たち　誰も拾いにゆかぬフリスビー

バスの窓に降る緑影　退屈な公園通りをずっと行こうよ

鳥も水のなか

改札も駅員もコインロッカーも水槽のなかの光のゆらぎ

くせのある髪を短く切りそろえ幾日《いくひ》か早い君の梅雨入り

濡れてゆく横断歩道のしまもよう　鳥の目　自転車　僕たちのこえ

六月に降る雨の量　傘のなかの君の体温　もうバスが来る

雨の日に跳ぶ水たまりしみる靴くもり空の果てもくもり空

ロキソニン、ペン、本、ティッシュ、折りたたみ傘さす雨の日の隠しごと。

混雑時《ラッシュ》のホームを逃れ駆け上がる改札口を飛び出せば鳥

明るさのなかに霧めく雨ならば傘を閉じるという選択肢

日本じゅうに降る降る雨の降るなかに手を入れてみる　部屋の窓から

人間に生まれることをあきらめた芝刈り機食《は》む芝が濡れてる

古書店に積まれて本は深海の不思議の塔か　魚《うお》らもめぐる

生ぬるい雨がしぶくよ サンダルの親指のさきっちょを濡らして

雨のなかに赤紫のクレマチス　言葉がどこまでも届かない

今日はもうどこにも行けない気持ちです。何を食べようか、雨の木々

ショッピングモール立体駐車場きっと迷える鳥のあなたよ

ドラッグストア

終電と始発列車の運転手ふたりきりの会話　朝もや

竹林のなかに誰かが立っている走るのをやめその人を見る

住宅街にカラスは声をひびかせて光るビニール袋うばいあう

数時間すればにぎわう開店前のドラッグストアを犬と見ている

ＵＳＢちかちか光り上《うわ》書《が》きは終わりぬ春の歌のレポート

帰り道

アーケードを夜風が抜ける　七夕の飾りが遠くまで揺れていく

左折して少し歩いてコンビニの明るさを確かめて左折して

人類の最終戦争が過ぎてもコンビニだけがほっと明るい

坂道に誰かの鍵が落ちていて星の光をはじくのだった

パンプスを履いてた足が泣いていていた　夜ふけ「証明写真」の光

光
1

梅雨明けの光のなかに新しいめがねをかけた君とすれ違う

あの日の君は夏の川　振り向けば空へ流れる光

目が慣れるまでは君がいるといい　照り返る白い道のどこかに

大空の遺跡のように鉄塔が並び立ち昼を時おり光る

ひと足を踏みだす勇気などなくて烈暑の砂場じっと見ている

わずかなる水ひと息に飲み干せばペットボトルに太陽溜まり

アーケードくぐりて空に出るときの鳥がまなこをつぶるかどうか

夏を許せる

わた雲もかすかになった空に降る名ごりの雨の夕あかね色

夕暮れの帰り道には水音が聞こえて夏を許せそうな気がした

マンションを見あげれば誰かが育ててる観葉植物がはみ出す

何の建物だろう、あれは　尖塔《せんとう》が層雲の中心を探るよう

エレベーター開くとそこから海ならば心留まりがたく踏みだす

麦茶パック煮立てていけばごつごつと吹き出すヤカンごつがっごっご

寝る前に一日《ひとひ》を思い出していく　うす紅の紐を解くイメージで

光2

名を知らぬ木に寄り知らぬ鳥が鳴く夏の林の声みな光

朝に降る雨なら嫌いではないな　トマト畑にトマトは濡れて

いくひきか猫ひそませる夏草の深さよ　闇を見つめ続ける

会うたびに背が伸びている親戚の子どものような道のひまわり

境内の木々が雫をこぼすとき、ああ誰がうつ鐘の音だろう

夕ぐれの畳を歩く足裏に温かいところ冷たいところ

あれは人のたましいと云う　草はらの果てにひかりが群れて点《とも》るよ

人さし指をお湯に沈めてつくりだす波紋幾重《いくえ》のこころのゆらぎ

君のことを詠うさきからはぐれだす暁がたのことばとことば

いつか君の心に流れいるために今日はいくつの橋をくぐろう

大風の夜は

台風の進路予測を説く声も映る梅田の空も明るい

噴水前広場には影ばかり遊ぶ　君の影　触れる影　だれの影

鳩の目と静かに対《むか》いあいながら二時ゆっくりと玉子焼き噛む

鳥だって僕たちだって雲に雲の寄りあう空を眺めるだけだ

いつのまに遠い電車の音も消え　夜の雨　夜の雨　広がって

ひゅんひゅんと音立てながら鎮まらぬ窓が窓を呼ぶ呼び声の

草の上に草が波立ち大風の夜かけて人の寝返りしきり

光
3

「空港で働きたいな」秋空に届こうとする坂を踏む人

教会の屋根の十字架《クルス》より高く秋空よ　果ては知りたくもなく

秋の風光の秋のただなかに枯れてゆくあじさいが親しい

陽にかざす指の隙から木々の葉のみどりさみどり剝がれ落ちるか

どこまでも遠い家並《いえな》み　どの家も鍵穴がある鍵穴光る

夢の端の

ぶどうの実一粒ずつに過ぎてゆくふるさとの美しい夕立

タンブラーすすぎ清めてゆく水の来るところ　今日も銀河が暗い

人聞きが悪い話が聞きたくて深夜二時灯らせるパソコン

枕もとのルームライトの灯のなかに明日になれない今日がくすぶる
指先で顔にふれれば疑いなくこの輪郭があなたのようだ

ふれたならあなたの耳はふわふわの心ここには留まらざらん

夢の端《はし》のやりきれなさにしばらくは月の光を見てまた眠る

駅頭で

待ちあわせて何か食べようカレーとかうどんとかカレーうどんとか

もう秋か、なんて一人で言っている人は誰かに聞いて欲しくて

「お金のことじゃないのよ」と話す人がいて、そうだろうな、と思ったり

耳の奥にぎゅぎゅうと詰めたイヤホンがなんか良《い》い具合に冷えてる

まだ乗ったことのないバス路線ばかりまだ会ったことのない人ばかり

見てたのはこの夕暮れに手を振ってさよならをした幾人か

月夜のターン

その世界の中心に蜘蛛は眠りこみ空いっぱいの夕映えを見ず

昼と夜のはざまの空をムクドリの群れが波うち波うち消しぬ

グラウンドに取り残されたボールからすんすんと夜の闇が広がる

雲間から月の光が射しこむとアスファルトいつもより濡れている

オリオン座以外はわからない僕がさらさらとつけていく星座の名

全力でブランコこいであの月に触れたらすぐにターンしてきて

速度！速度！

予告なしの雨は苦しい　青銅の象の親子の像が濡れていく

ついてないことに湧き出る黒雲のもとの我が家へ帰るのだった

コンビニの一五〇円のコーヒーが手のひらにおさまって動かない

アーケードが切れたところで雨だから横断歩道を乱して走る

この耳が誰かの声を聞き留めるすぐに雨になるその声を

長くながく待たされしその踏切を行き過ぎて踏切のことを思わず

パーカーのフードのふちをくっとおさえ走っても走っても雨の中

宇宙から遠い遠いと泣いているあなたの声も雨にまぎれる

カフェの窓を列車が過ぎる速度感 ひとりたりひかりたりひとひかり

やさしい空腹

突然に一人にされて勾玉《まがたま》のような孤独が光りはじめる

映画館の薄暗がりに紛れこむ　知らない人の恋が泣かせる

カフェラテの泡除《よ》けていくスプーンの背面が見ていた夜の闇

終電よ　この町の誰一人さえ夜に余さず明日に連れ出せ

この家のどこかで滴《しずく》する音もいつか眠りに入るまでのこと

空腹は夜半やさしくおとずれて黄金《こがね》のパンの夢を見さしむ

落葉を踏む

コンビニで一五〇円のコーヒーを待っている窓越しに木枯らし

すき間なく秋の中《なか》空《ぞら》埋めんとし埋めんとしつつ降り急ぐかな

イヤホンで耳を閉じれば聞こえない一〇〇〇の落葉が地を跳ねる音

掃き寄せた紅葉を袋に詰めているいつまでもいつまでも詰めている

銀杏の葉また一つ落とす清秋の重力よ　手に触れさせもせず

ゆっくりと落葉を踏んだ足先におでんのつゆを少しこぼした

飛行機はいずこの空へ　日本の十一月の風を引き連れ

あの日からゆくえ知れずの雲だった　あなたと「きれいだ」と言いあって

右手袋伯《はく》の失踪

「一人きりの寂しい冬のやうですよ」とは左手袋伯のコメント

バス、夜の角を曲がる

おみやげがシュークリームである人にふわりと抱かれてた紙ぶくろ

それなりに愉快な福引きの歌

町内の商店会の福引きにハワイまで泳ごうという旅

町内の商店会の福引きの外れの果てのポケットティッシュ便利

星を隠そうとして

窓ガラス一枚にその一枚に年の終わりの光、拭くべし

「しあわせ」に窒息しないようにして師走のショッピングモールを歩く

プラットホームが遠く途切れたところから冬の宇宙がひらかれてゆく

星々をたどりゆく指　冬の指　わが指ながら遥けきものか

ポケットに隠せるほどの光量の星なら全て欲しがっている

ほうじ茶のボタンを押したはずなのにポッカレモンを飲むことになり

冬の夜のホームに一人立ちながら、立ち尽くしつつ「寒っ！」と言えり

年ノ夜

やわらかく手をくぼませて受けとめる光る甘栗七つ八つを

五七…と数えて折りてゆく指のまたはじめから折りゆく指の…

行く年も来る年も外につるされたセーター部屋に入りたかった

ふらふらのこころで

起き抜けのこわばる指を差し伸べて水がぬくもるまでを待つ時

冬の朝は熱いスープをすすりつつ思う　鳥には舌があったか

風邪をひくことは心の捻挫　少しずつ動かない感情は増え

熱を持つ目に見えていた天穹《てんきゅう》に飛行機雲がじんじん伸びる

目薬が目の奥に沁みてくるまでは未来のことも考えて良い

台所で大根が汗をかいている夕べいつまでも待たされて

悲しみを集めて回る医療用バスに乗るならば春の末

明るいもの、ひとつくらいは

冬の庭にひとつだけ実をつけたという初生《はつな》りのレモン、送ってくれた

春に隣るも

一年にいく度かは雪の降る朝を待っている　大阪で暮らして

花々の現時点

行き過ぎてまた戻り見るくれないはきっとツバキの花のくれない

口々に「まあだだよ」なんて言うからさ　冬のバラ園の歩きにくくて

右のビル左のビルをまっすぐに飛行機雲がつなぐスピード

くぐりぬけて心の底に落ちてくる白木蓮の負う花ことば

風の音《と》の遠き野辺まで菜の花の種投げ入れていく力こそ

光
4

おわる冬に春のはじまる雨を見る海岸通り郵便局で

カンブリア紀　五億万年前の春の潮《うしお》の光　僕もあなたも
光年の果てにあなたが立つならば行けねども楽しきことと思わん

Ⅱ　西向南向

海と古墳のある街で

テキパキという音は口ずさむものＩＫＥＡのベッド組み立てながら

引っ越しも三度目で君がオーディオの配線をする手のすばやさよ

段ボールつぶしつづけて見えてきた窓に月、大阪の、はじめての

故郷からの伝言は耳にあてて聞くいくつかはわざと聞き落としつつ

『最新版古墳ＭＡＰ』をしまうには冬のコートのポケットがいい

春曙抄《しゅんじょしょう》伊勢を枕に寝しという少女の家のあたりかここは

菜の花の街路をわけて銀色のチン電がゆく　春に遅れて

裏道をいけばたいがい面差しのしっかりとした犬がいるなり

さっきまで出ていたはずの昼の月の記憶を君と話して繋ぐ

大型の横穴式の石室は最先端のモードであった

昼も夜も潮の遠鳴り聞きながら王者の夢を見続けている

歩み入るクヌギ林も墳丘の跡だと言うぞ　主を知らず

草はらを跳ぶ柴犬の太ももに漲《みなぎ》る春の力と思う

ゆっくりと注いだお湯はブラジルのコーヒー農園に降る青い雨

「てきとうにいれることです。」コーヒーをおいしくいれるためのコツ一つ

「土師器《はじき》」からはじめた今日のしりとりも君に勝てるとは思われず

胸に手をあてて探ればわかりやすい淋しさがずっとつっかえていた

カーテンの隙から月の光射し眠ろうとする君にささやく
ハイカラなあなたの石室のなかにも月の光は届くだろうか

夢のなかのカフェに忘れしレポートは再び取りに戻ることなし

海へ行く川の流れをさかさまに飛びくる鳥はツバメだろうか

水色の小石を手の甲にのせる二人ふるふるふるふるふるわせている
はるばると埋め立てられてゆく海に墓碑のようなる煙突が立つ

看板の「スモッグ注意」は薄れてもそれでも雨はグレーのようで

工場群のつくる夜景のきらめきを海から愛でる人もあるという

堤防に釣り竿投げている人のバケツには光ばかりが溜まり

春の舟春の水夫も去らしめてしずかに満ちてくる海の水

いつからか消えてしまった人たちを探しにニュータウンの古書店へ
人々が進化図のように渡りゆくまだ夕映えの横断歩道

「工場が建つ前は何があったの？」とたずねられ「きっと空」と答える

少しだけ迷いもあるというように飛行機雲がにじみはじめた

風はいくつの船の帆を

朝の湯の窓より見える須磨の町ゆっくりと海に向かい傾く

西へ西へ潮の流れを追いながら船がゆくまた一つ過ぎゆく

朝の光広がるお湯を手ですくう　光こそ手を逃れるものか

*

瀬戸の海に朝立つ風を見にいこう　きっとみかんの香もするかもよ

ショッピングカート片手で押しながらひらめくアイデアはどれもいい

ロシア語の文字が書かれたピンバッジずっと昔にくれた友だち

車窓から飛行機雲のはじっこを指さしてずっと指でたどって

トンネルの向こうに見える青色は空ですか、空を抱く海ですか

風と帆がヨットハーバーに寄りあって沖で仕入れたうわさ話を

＊

海に続く道いっぱいの夕あかね　いつからかしゃべらない僕たち

きさらぎの須磨浦風に揚げたてのコロッケ（パンも）冷えていくだけ

マフラーをなびかせているこの風は海にいくつの帆を吹いて来ぬ

夕暮れは鳥のこころになりながら海の光を眺めていたい

海に向くビルの輪郭線は赤　忘れるときが来るのだろうか

＊

お造りにお鍋のそろう席上にお米ばかりが遅いと嘆く

これは何あれは何ぞと問いながら食事は進む大皿小皿

「唐辛子は一味じゃなくちゃいけねえ」というタイミングずっと探してる

夜の雲にまぎれて消えし飛行機のまた現れるときまでを見ん

友ヶ島の暗き沖より風が吹く　浅い眠りのなかまでも吹く

図書館に眠る、

いつまでもエンドウの花が揺れてた　開いたままのページのなかで

「風」のことを調べるという姉弟《きょうだい》を眠らせている図書館の椅子

話し好きの碩学《せきがく》が目をつぶるとき言《こと》の葉かげに実が熟れる秋

ＯＰＡＣに詩人の名前うちこめば光るさみしい宇宙が開く

地下書庫に本が無限に冷えている　この指で溶かしたいと思うけど

書棚から書棚をめぐるこの旅のしばし休らう窓に昼の雨

泣いている、たとえば君の声だって世界に満ちていく雨音で

「閉館」をせかされてするコピーには右手小指の指紋あざやか

*

本革の背表紙ひそと朽ちていく夜は司書らの眠りも浅し

泣いていた君がしずかに来て開く――夜は光の舟――冷蔵庫

キャンパスで会う

見知りたる新入生が寄りあえば春の木の間《こま》にさえずる鳥か

着慣れないスーツ姿を照れあってやわらかに笑む風のさなかに

*

書きいれて消してまた書く空欄にそそぐ思いの量のまぶしさ

頬づえは魔法の杖にあらなくにいつまでもそうしてはいられまい

たぶん君もよくわからない英文にピリオドばかりきっかりと打つ

解答に猶予はなくて窓の外を流れる雲のゆくえは知らず

さみだれがときに驟雨《しゅうう》となるように夏を開いていくペンの音

＊

おそ秋にゼミを選ぶと葉の影の色深まれる坂道を来る

（ゼミ説明会）

薄闇に手を繋ぎつつ疑わず未来のことを話すだろうか

あらたまの春のこころはつれなくて二十歳の君の背にかかる雪

（成人の日に）

粉河の春の光について

マフラーから顔をあげれば田園に陽は降る　春の雪かと思う

紀ノ川の光の筋に沿いながら影絵のような列車が走る

果樹園で午後を遊ぶと決めこんだあなたが降りていく無人駅

粉河寺に吹きいる風にそこここの絵馬が鳴り出すいつまでも鳴る

明日にこそ良き幸いの来るという「小吉」を引く　冬の終わりに

「純喫茶ブラジル」は今日が店じまい一度も行ったことがなくても

夕暮れの思いはみんなそれぞれで大クスノキの下をゆく顔

わが歌に点の入らぬ歌会にカフェオレがじわじわと甘すぎる

笑いつぎ笑い尽くしてゼミ生らカードゲームを終わりたりけり

考えたこともなかった今までにキャベツをいくつ食べたかなんて

如月《きさらぎ》を越えて弥生にゆく月が湯船のうえの空に見えずや

広い部屋に一人になれば歌を作る以外に何もすることもなし

寝つかれぬ心配などもありながらありながらありながら…眠れる

紀の国のみなみ田辺に行く道は薄紅梅の花開きたり

木漏れ日のあたる場所から凍りたる坂が静かに解《ほど》けはじめる

梢から梢を渡りゆく鳥は何の木の実か咥《くわ》えていたり

雲暗くなるかと仰ぎみる空を急に斜めに降る冬あられ

Ⅲ　星のくずかごのなかから

CASTLE IN THE CLOUDS

雲のなかのお城の気象予報士はいつも「くもり」と言うことだろう

名雲さんって呼びかけたなら泣くようなほころぶような笑顔のような

重大会議

肉球のことをいわれて私たち人類はまた黙ってしまう

親指と人差し指をいっぱいに開いても８５度ほどなんて、まあ

海、のすたるじっく

自転車のあたまいくつか寄せ合って話しあう海にいく計画を

遠泳が得意な兄は消えかかる沖の光に追いつくだろう

夕焼けの岬に若き日の父母を写して去りし人も旅びと

雲に似るものの遠くへいく早さ　夏のわたがし祖父のあごひげ

波音を巻き貝にしまいゆく作業　海底《うなそこ》にぽっと明かりを灯し

夏の日のメモ

ぱんぽんずぶたにくごーやよーぐるときゅうりおくらも買わんとぞおもう

チョコレートの歌

虫歯になると教えられたとタロスケがチョコを片手に震えていたり

テーブルにマーブルチョコをおしひろげ僕だけが知る星座をつくる

口腔《こうくう》にライトじっくり当ててくる一首の歌も浮かばぬように

（歯科医J）

晩春の橋・暗闇の橋・月下の橋

春闌《た》けて橋は悲しやはるばると越えきて春の橋は悲しや

一人なら一人で越えていく夜に橋一本が渡されている

縄橋は月の光もおぼろにて踏み出す足をいぶかしみ踏む

あるいは夢の話

立つ霧のベーカー街へゆく馬車で夜ごと夜ごとにあなたに会おう

道《どう》頓《とん》堀《ぼり》の底深く竿をさしいれて一〇〇年前の月を探した
あした見る夢などきっとあさっての朝にさえおぼろげに言うのに

沖に降る雪　このままでいるようにこれまでこのようにいたように

冬の日のメモ

「コーヒーは誰かにいれてもらってね誰かと一緒に飲むのがいいね」

集の終わりに

二九歳で遅い就職が決まり、大阪に来てから、およそ一〇年が過ぎた。本書『春の花火師』には、この間に詠んだ二七〇首を収めた。著者にははじめての歌集である。

一〇年を振り返れば、大切な親族や友人を失ったり、風邪が妙に長引くようになったり、いろいろ忘れっぽくなったりと、ネガティブな変化もあったけれど、おおむね順調に過ぎてきた月日といえようか。

＊

短歌は、自分には、まず研究対象である。あるいはそれについて学生に教えることで生計を立てるための資である。研究では短歌に関わる制度や一首の表現などを分析し、ときに批判もするけれど、しかし、その場を離れていえば作歌することはシンプルに楽しい時間であった。

＊

短歌は多くの人と出会わせてくれた。学生時代に同人誌「punch-man」、「pool」などを縁として知り合った人たちがなくては作歌を続けてはいまい。

研究・教育活動を通じては、多くの先人たち、先生たち、それに幾人かの優秀な学生とも巡り会うことができた。「歌徳」という言葉があるが、考えれば、ずいぶんその恩恵を受けてきた。

＊

本書の上梓にあたって特に感謝を申し上げたい人たちがいる。

まず、歌人の石川美南さんに。学生時代からその歌業には刺激を受け続けているが、本書収載の歌々についても的確なアドバイス、丁寧なコメントをいただいた。

それから本書刊行は、憧れていた「港の人」、上野勇治さんにお願いすることができた。折々に賜った励ましの言葉は歌集制作を進めるうえでの大きな力となった。

カバーには、平岡瞳さんの版画「小雨」をお借りすることができた。少しのさみしさとあたたかな希望が共存するその作品世界を読者と共有できる喜びは深い。

また、歴代のゼミ生たちにも感謝を伝えたい。集中には彼ら彼女らとした歌会や吟行での成果がかなり含まれる。「教員も少しは褒めてもらいたい」というヨコシマ（されどヒタムキ）な思いがあって詠み得た作品も多い。

そして、家族にも「ありがとう」と伝えたい。平穏な日常をともにつくり、一緒に歩んでくれる人がなくては歌どころではない。

最後に、この『春の花火師』を手にとってくれる人があれば、コーヒーでも飲みながら読んでもらいたい。もし一首でも記憶してもらえれば、このうえなく嬉しい。

二〇二一・三・二〇　春分の日に

マツザワシュンジ
一九八〇年、群馬県高崎市生まれ。
歌誌「pool」に所属。
著書に『「よむ」ことの近代』
『プロレタリア短歌』など。

春の花火師

二〇二一年五月二十五日初版発行

著　者　マツザワシュンジ

発行者　上野勇治

発　行　港の人

神奈川県鎌倉市由比ガ浜三－一一－四九　〒二四八－〇〇一四

電話〇四六七－六〇－一三七四　ＦＡＸ〇四六七－六〇－一三七五

装　丁　港の人装本室

印刷製本　創栄図書印刷

ISBN978-4-89629-391-3